Jasmine,
la fée du jazz

Pour Remy Smet, continue de danser.

Un merci spécial à Narinder Dhami

Catalogage avant publication de Bibliothèque et Archives Canada

Meadows, Daisy

Jasmine, la fée du jazz / Daisy Meadows ;
texte français d'Isabelle Montagnier.

(L'arc-en-ciel magique. Les fées de la danse ; 5)
Traduction de: Jessica the jazz fairy.
ISBN 978-1-4431-2639-7

I. Montagnier, Isabelle II. Titre. III. Collection: Meadows, Daisy
L'arc-en-ciel magique. Les fées de la danse ; 5.

PZ23.M454Jas 2013   j823'.92   C2013-900282-0

Édition publiée par les Éditions Scholastic,
604, rue King Ouest, Toronto (Ontario) M5V 1E1

5 4 3 2 1   Imprimé au Canada   139   13 14 15 16 17

Jasmine, la fée du jazz

Daisy Meadows
Texte français d'Isabelle Montagnier

Éditions SCHOLASTIC

Le palais du Royaume des fées

Le collège de Beauvallon

La maison d'Alexandre Vigneault

Le centre communautaire

La gare de Beauvallon

SORTIE

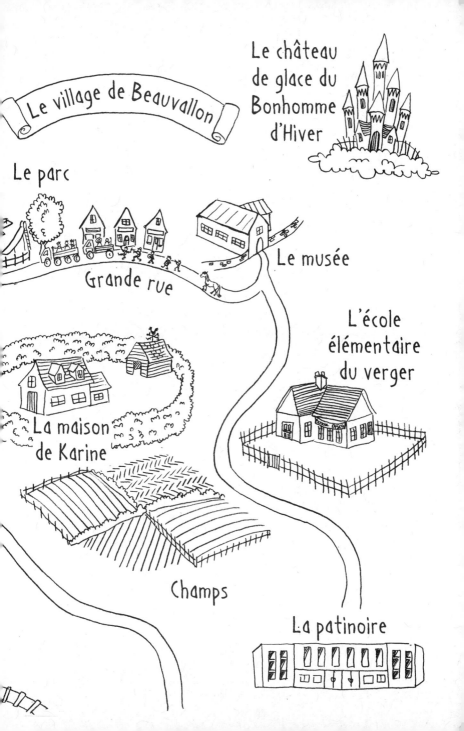

Vous, les gnomes, tenez bien les rubans,
car dans un instant,
le vent soufflera sans merci
et vous emmènera loin d'ici.

Votre mission sera de les garder
afin que toute danse soit gâchée.
Je vous accorde donc dès maintenant
de nouveaux pouvoirs réfrigérants.

Table des matières

L'entrée remarquée de Jasmine

—Je suis si excitée! dit joyeusement Karine Taillon en lissant le bas de sa longue robe en satin violet. Je ne suis jamais allée à une soirée dansante d'adultes!

— Moi non plus, ajoute Rachel Vallée, la meilleure amie de Karine.

Tout comme Karine, elle porte une

nouvelle tenue, une robe ample de couleur crème à l'encolure ornée de paillettes. Les fillettes vont accompagner les parents de Karine à une soirée donnée dans la demeure d'Alexandre Vigneault, un ami de M. et de Mme Taillon.

— Nous sommes presque arrivés, annonce M. Taillon qui roule sur une route de campagne sombre et étroite. Vous allez bien vous amuser, les filles. M. Vigneault produit des comédies musicales à Broadway et il donne toujours des soirées extraordinaires.

— Il y aura même un orchestre de jazz et beaucoup de danse! ajoute Mme Taillon.

Sur la banquette arrière, Karine et Rachel échangent un regard anxieux.

Au cours du séjour de Rachel chez Karine pendant les vacances scolaires, les deux fillettes ont aidé leurs amies spéciales, les fées de la danse. Les rubans magiques des fées de la danse ont disparu. Ils sont très importants, car leur magie aide à rendre les danses amusantes au Royaume des fées comme dans le monde des humains. Les rubans garantissent également la réussite des spectacles de danse. Mais le Bonhomme

d'Hiver a volé les rubans afin que leurs
pouvoirs magiques aident ses
gnomes à apprendre à
danser.

Quand le roi et la
reine du Royaume
des fées lui ont
demandé de les
rendre aux fées de la
danse, le Bonhomme
d'Hiver a jeté un sort glacé
qui a propulsé dans le monde des humains
sept gnomes tenant chacun un ruban
magique. Les gnomes sont censés cacher
les rubans, mais jusqu'à présent Karine et
Rachel avec l'aide des fées de la danse
ont réussi à en récupérer quatre.

— Nous n'avons pas encore retrouvé le
ruban de Jasmine, la fée du jazz, murmure

Karine. Peut-être que le gnome qui l'a pris sera à la fête ce soir!

Rachel hoche la tête. Les fillettes savent que le ruban magique est attiré par le type de danse qu'il représente.

— Je l'espère, Karine, répond Rachel à voix basse. Nous devons retrouver le ruban, sinon la fête sera gâchée!

L'auto traverse un grand portail en fer forgé et s'engage dans une longue allée sinueuse.

— Quelle sorte de danse y aura-t-il ce soir, maman? demande Karine. Rachel et moi ne savons pas vraiment ce qu'est la danse jazz.

Mme Taillon hoche la tête.

— Le jazz est une musique moderne et

la danse jazz aussi, explique-t-elle. En fait, vous avez probablement déjà vu beaucoup de danse jazz dans les comédies musicales.

— Super! s'écrie joyeusement Rachel. J'adore ce genre de danse!

Karine ouvre de grands yeux en regardant par la vitre de l'auto.

— Je n'ai jamais vu un jardin aussi immense, s'exclame-t-elle. Oh! Rachel! Il y a une fontaine avec une sirène au milieu!

Rachel jette un coup d'œil par la vitre et montre la maison du doigt.

— Regarde donc! ajoute-t-elle.

La demeure est magnifique et impressionnante avec de nombreuses fenêtres et une grande porte en bois. C'est probablement une maison historique.

Des voitures sont déjà stationnées et des gens en descendent. Les femmes portent de belles robes longues de toutes les couleurs de l'arc-en-ciel et les hommes

sont en smoking et complets élégants.

En entrant dans le manoir, les fillettes regardent autour d'elles avec enthousiasme. De grandes bougies blanches illuminent l'intérieur. Leurs flammes vacillantes remplissent le hall d'entrée d'une lueur jaune chaleureuse. Sur des meubles d'époque sont répandues des pièces de monnaie en

chocolat; de grands plateaux débordant de petits gâteaux ont été placés ici et là.

— Oh, c'est magnifique! s'écrie Karine.

Tout le monde se dirige vers le jardin. Rachel et les Taillon suivent la foule.

Le jardin est encore plus spectaculaire que la maison. Karine et Rachel restent bouche bée en passant à côté de plantes exotiques dans de grands pots en

9

porcelaine blanche, d'une piscine à l'eau turquoise et d'un labyrinthe compliqué fait de haies bien taillées. Une grande tente blanche a été installée au milieu du jardin pour la fête.

Quand les fillettes arrivent, elles voient de grandes étoiles dorées qui scintillent au plafond de la tente. Des tables et des chaises ont été disposées pour les invités. Sur la scène, un orchestre de jazz joue un

air entraînant qui donne envie à Karine et à Rachel de battre la mesure du pied.

— Personne ne danse pour le moment. Heureusement! murmure Rachel en remarquant la piste de danse déserte au milieu de la tente.

— Tout le monde est trop occupé à manger et à discuter, répond Karine à voix basse en regardant les serveurs qui portent des plateaux de boissons et les

offrent aux invités. Mais il y a beaucoup d'endroits où un gnome pourrait se cacher!

Rachel hoche la tête.

— Nous devrons être vigilantes, dit-elle avec fermeté en observant les gens tout autour d'elle.

— C'est Alexandre, là-bas! s'écrie Mme Taillon en désignant un grand homme blond qui parle avec d'autres invités. Nous vous présenterons plus tard. Je vois que vous avez envie d'explorer un peu. Allez donc faire un petit tour!

— Merci maman, dit Karine.

Les deux amies se promènent dans la salle en contournant les chaises et les tables.

— Aimeriez-vous un cocktail de jus de fruits? demande un serveur qui tient un plateau chargé de grands verres en cristal

décorés de jolis parasols en papier. Ils sont délicieux!

— Oui, s'il vous plaît! répondent Karine et Rachel à l'unisson en saisissant un verre. Rachel prend une gorgée.

— Miam! s'exclame-t-elle tandis que le serveur s'éloigne. C'est vraiment succulent!

Karine soulève le verre jusqu'à ses lèvres pour y goûter. Soudain, elle pousse un petit cri. Assise sur le bord du verre de cristal, faisant tourner le parasol avec un grand sourire, se trouve Jasmine, la fée du jazz!

Étrange danseur

— Rachel, regarde! rit Karine tandis que Jasmine se relève, le parasol toujours à la main.

La minuscule fée marche avec précaution sur le bord du verre et salue les fillettes de la main. Elle porte une robe en soie rose ornée d'une large ceinture rose foncé et un boa en plumes de

couleur assortie autour du cou. Des
souliers argentés à talons hauts brillent à
ses pieds et des boucles blondes tombent
en cascades dans son dos.

— Bonjour les filles, dit doucement
Jasmine en abaissant son parasol. Je suis
venue chercher mon ruban!

Karine et Rachel se hâtent d'aller dans
un coin plus tranquille de la tente, loin
des regards des autres invités. Jasmine
jette un coup d'œil prudent aux
alentours, puis elle volette et se pose sur
l'épaule de Karine.

— Ton ruban
est-il ici, Jasmine?
demande Rachel
avec enthousiasme.

— Oui, j'en suis
sûre, répond Jasmine

en hochant la tête. La magie de mon ruban a sans doute attiré le gnome à cette fête étant donné que son thème est le jazz!

— Mesdames et messieurs! retentit une voix venant de la scène, faisant sursauter Rachel et Karine.

Les fillettes se retournent et voient que le saxophoniste de l'orchestre s'est avancé jusqu'au micro et sourit au public.

— Pour célébrer l'anniversaire d'Alexandre, la troupe de sa nouvelle comédie musicale, *Jazz à gogo!* va exécuter un numéro du spectacle, rien que pour lui! annonce le musicien.

Des bravos et des applaudissements retentissent. Alexandre Vigneault semble agréablement surpris.

— Oh, ça va être un désastre sans le ruban magique de Jasmine, dit Rachel, très inquiète, tandis que les danseurs montent sur la scène sous les applaudissements des invités.

Les femmes portent des jupes courtes et des gilets à paillettes et les hommes des pantalons noirs et des chemises

blanches avec des foulards en soie noués
autour du cou. Ils sont tous coiffés de
chapeaux hauts de forme étincelants.

Jasmine prend un air triste.

— Ce spectacle serait superbe si le
ruban du jazz était encore au bout de ma
baguette, soupire-t-elle.

L'orchestre de jazz joue un air
entraînant et les danseurs prennent leurs
places. Ils commencent à évoluer sur la
scène en levant les bras et en chantant
tous ensemble :

*Jazz à gogo! Venez ce soir pour du jazz
à gogo!*

— Je ne peux pas regarder! gémit
Rachel en se couvrant les yeux des mains.

Karine comprend très bien l'inquiétude
de Rachel, mais elle se force à regarder.

Les danseurs et les danseuses se sont
séparés en deux groupes qui continuent à
chanter et à danser.

— Quels magnifiques ronds de jambe
frontaux, murmure Jasmine d'un ton
approbateur tandis que les femmes se
déplacent tout le long de la scène en
levant les jambes très haut. Et ces coupés
jetés arrière et ces rotations de bassin sont
parfaitement en accord avec la musique.

Karine regarde avec
curiosité les danseurs
faire des sauts
avec grand
écart tandis que
les femmes dansent
autour d'eux.
C'est une très belle
prestation et rien de fâcheux ne s'est
produit pour le moment!

— Rachel, dit Karine en donnant un
petit coup de coude à son amie. Tout va

bien. Leur spectacle est fantastique!

— Oh! s'exclame Rachel en souriant et en regardant à travers ses doigts. Alors, ça veut dire que…

— … Mon ruban doit être tout proche! s'écrie Jasmine avec espoir.

Karine hoche la tête et scrute la scène du regard, à la recherche d'un gnome ou du ruban magique. Tout d'abord, elle ne voit rien d'inhabituel. Mais soudain, son regard est attiré par l'un des danseurs du fond. Il est plus petit que les autres et, étrangement, son foulard en soie est noué devant son visage au lieu de son cou.

— Regarde! dit Karine en le montrant
du doigt à Rachel et Jasmine tandis que
les danseurs exécutent une dernière
pirouette. Ce danseur est étrange, non?

Jasmine le regarde et fronce les sourcils.
Les danseurs lèvent leurs hauts-de-forme
et les passent à la personne qui se trouve à
côté d'eux tout en traversant la scène.
Mais ce petit danseur refuse d'enlever son
chapeau ce qui agace la fille à côté de lui.

À ce moment-là, Karine et Rachel
remarquent que ce danseur, contrairement
aux autres, a un ruban en soie rose noué
autour de son chapeau haut-de-forme.

— Je reconnais ce ruban! annonce
Jasmine d'une voix tremblant d'émotion.
Ce danseur est un gnome déguisé et il a
mon ruban magique!

Le gnome tire sa révérence

— Cela explique pourquoi il dansait si bien et les autres aussi! s'exclame Rachel quand la musique s'arrête.

Les danseurs saluent sous les applaudissements chaleureux du public.

— Suivons les danseurs en coulisse. Nous pourrons essayer de récupérer le ruban, suggère Karine.

25

Les spectateurs applaudissent encore et les danseurs saluent de nouveau.

— Ils étaient extraordinaires, n'est-ce pas? dit une femme assise à une table tout près de Rachel et Karine. J'ai hâte de voir le spectacle à Broadway!

— Et ce jeune homme à l'arrière était excellent, fait remarquer son amie.

— Heureusement que personne ne s'est rendu compte que c'était un gnome, murmure Rachel à Karine, l'air soulagé.

— Dépêchons-nous d'aller dans les coulisses, insiste Karine. Nous aurons

peut-être la chance de reprendre le ruban
au gnome quand il descendra de la scène.

Jasmine se réfugie derrière les cheveux
de Karine et les deux fillettes se rendent
rapidement dans les coulisses. Elles se
cachent derrière des costumes. Les trois
amies regardent les danseurs sortir de
scène.

Le gnome est le
dernier, mais au
lieu de suivre les
autres, il va à
l'avant de la
scène et fait un
autre salut tout
seul en tenant
bien son chapeau sur
sa tête. Le public rit et
continue d'applaudir. Le gnome

salue de nouveau si bas que son chapeau
touche presque le sol.

— Il s'amuse tellement qu'il ne veut
plus quitter la scène, dit Karine en riant.

Le gnome fait un troisième
salut gracieux.

Les fillettes
regardent avec
amusement
le saxophoniste
se diriger vers
le gnome et lui
saisir le bras.

Le gnome se dégage, retourne sur la
scène en sautillant et salue de nouveau.
Le saxophoniste fronce les sourcils et
poursuit le gnome qui parvient à
l'esquiver et court de l'autre côté de la
scène. Les spectateurs rient aux éclats.

— Ils pensent que ça fait partie du spectacle, murmure Rachel.

Finalement, le saxophoniste réussit à attraper le bras du gnome et à l'entraîner dans les coulisses.

— N'oubliez pas que le Bonhomme d'Hiver a donné des pouvoirs réfrigérants aux gnomes, rappelle Jasmine aux fillettes. Alors, ne vous approchez pas trop de lui.

De derrière les costumes, les amies

observent prudemment le gnome quitter finalement la scène. Il chantonne et sautille joyeusement, très fier de lui, puis il s'arrête soudainement. Il retire son foulard en soie et découvre un long nez vert pointu. En fait, c'est le nez le plus pointu que Rachel ait jamais vu!

Elle échange un regard avec Karine et voit que son amie pense la même chose. Les gnomes ont toujours de longs nez, mais celui-ci est particulièrement allongé!

Le gnome renifle l'air. Puis il renifle de nouveau, si bruyamment que

Rachel peut voir ses narines se
contracter. Une grande frayeur envahit
la fillette en le voyant faire demi-tour et
se diriger vers les costumes.

— Je crois que le gnome nous a senties!
murmure nerveusement Rachel à Karine
et Jasmine. Il se dirige tout droit vers
nous!

Chaos à la cuisine

— Nous devons faire quelque chose, chuchote Karine.

— Je vais vous transformer en fées tout de suite, dit rapidement Jasmine. Comme ça, vous pourrez vous envoler si le gnome nous repère.

Elle agite sa baguette et des étincelles rose foncé entourent Rachel et Karine,

les faisant rétrécir sur place. Des ailes scintillantes apparaissent dans leur dos et les deux fillettes sourient de plaisir. Ce n'est pas la première fois qu'elles se transforment en fées, mais c'est toujours amusant.

— Essayez de bouger le moins possible, dit doucement Jasmine.

Toutes les trois retiennent leur respiration en attendant que le gnome écarte les costumes et les découvre. Mais rien ne se passe. Perplexes, Rachel, Karine et Jasmine jettent de nouveau un coup d'œil et voient le gnome disparaître par la sortie.

— Il sort de la tente, murmure Rachel en poussant un soupir de soulagement.

— Nous ferions mieux de le suivre! suggère Jasmine.

Mais alors qu'elles foncent à la suite du gnome, elles entendent l'orchestre se remettre à jouer.

— Je crois que les gens vont commencer à danser, fait remarquer Karine.

— Alors, nous devons récupérer le ruban, sinon ce sera un désastre! dit fermement Jasmine. Suivez ce gnome, les filles!

Elles se lancent toutes à la poursuite du gnome qui traverse précipitamment le

jardin en direction du manoir.

Les trois amies le suivent dans la maison. Une fois à l'intérieur, le gnome s'arrête, retire son foulard et renifle l'air de nouveau. Puis il s'élance le long d'un corridor sinueux.

— Il a senti quelque chose, murmure Jasmine tandis qu'elles volettent derrière lui. Mais quoi?

Devant elles, le gnome s'est arrêté sur le seuil d'une porte ouverte. Il renifle maintenant l'air avec ravissement.

— Je sens cette odeur moi aussi, dit
Karine. On dirait des gâteaux qui sortent
du four. Nous devons être près de la
cuisine.

Jasmine et les fillettes volettent dans le
corridor, juste derrière le gnome. Il ne les
remarque pas, car il est très occupé à
regarder dans la cuisine. Une cuisinière
vêtue d'un tablier blanc est en train de
sortir de délicieux carrés au chocolat du

four. Elle les pose sur le comptoir et se penche pour sortir une autre tôle à biscuits.

Le gnome entre dans la cuisine sur la pointe des pieds. Sous les yeux de Jasmine, Rachel et Karine, il tend la main et vole l'un des carrés au chocolat! Mais il le laisse presque tomber en lâchant un cri aigu.

— Aïe! hurle-t-il. C'est chaud!

Il saute d'un pied sur l'autre tout

en soufflant sur ses doigts. La cuisinière se retourne d'un bond et fronce les sourcils.

— Eh bien, ça t'apprendra à prendre de la nourriture sans demander la permission! dit-elle en sortant la deuxième tôle. Laisse-moi regarder si tu t'es brûlé la main.

— Je ne veux pas, marmonne impoliment le gnome en cachant ses mains derrière son dos.

— Ne sois pas ridicule, le dispute la cuisinière.

Le gnome tend ses mains d'un air boudeur et Jasmine échange un regard inquiet avec Rachel et Karine.

— Comment réagira-t-elle en voyant que le gnome a des mains vertes? murmure-t-elle.

Rachel et Karine regardent anxieusement la cuisinière examiner les doigts du gnome.

— Pourquoi est-ce que tes mains sont si sales et vertes? dit la cuisinière en fronçant les sourcils. T'es-tu roulé dans l'herbe?

Le gnome hausse les épaules et fait la moue.

— Lave-toi les mains et ensuite tu pourras avoir un carré au chocolat, ordonne la cuisinière.

— Je ne veux pas me laver les mains! crie le gnome avec un sourire malicieux, mais je veux bien vous GELER!

Il bondit en arrière, touche la cuisinière et crie : « Gelez! »

La cuisinière se transforme instantanément en une statue de glace. Jasmine, Rachel et Karine poussent un cri d'horreur. Le gnome commence joyeusement à se goinfrer de carrés au chocolat.

— Pauvre cuisinière! soupire Jasmine. Heureusement que la magie des gnomes ne dure pas longtemps. Ce sort se

dissipera bientôt et la cuisinière ne se
souviendra pas d'avoir été gelée.

— Ça pourrait être une bonne occasion
de lui reprendre le ruban, suggère Karine.
Le gnome est très occupé à se gaver
de carrés au chocolat!

— Tu as raison, murmure Jasmine.
Je vais essayer d'utiliser
ma magie pour
détacher le ruban de
son chapeau.

Rachel et Karine
hochent la tête et
papillonnent

au-dessus de la tête du
gnome. Jasmine agite
sa baguette et une
pluie d'étincelles rose
foncé entoure le
chapeau haut de
forme du gnome. Le
ruban commence à se
dénouer.

Le cœur battant, Karine et Rachel
descendent pour saisir le ruban.

— Je me demande s'il y a encore des
carrés au chocolat dans le four,
marmonne le gnome avec gourmandise.

Il se retourne et repère Rachel et
Karine qui tendent la main vers son
chapeau.

— Gelez! crie le gnome en sautant en
l'air pour les toucher de la main.

Un bain imprévu

— Haaa! crie Karine en plongeant à gauche tandis que Rachel fonce vers la droite.

Les deux fillettes parviennent à esquiver les doigts tendus du gnome, mais il grimpe sur un tabouret, puis sur le comptoir pour essayer de les attraper.

— Sortons d'ici! lance Jasmine en se

précipitant vers la porte. Rachel et
Karine se hâtent de la suivre. Tout en
s'enfuyant, elles se retournent et voient le
gnome renouer solidement le ruban à son
chapeau. Puis il saute du comptoir et
court à leur poursuite.

— Maintenant, c'est lui qui nous
pourchasse! crie Rachel.

Elles fendent l'air dans le corridor,
talonnées par le gnome.

Jasmine les conduit hors de la maison.

— Les filles, nous devons rester loin du
gnome sinon il nous gèlera! lance-t-elle
en traversant le jardin à toute allure.
Mais il faut absolument que je récupère
mon ruban!

Karine voit le gnome sortir de la
maison en tenant toujours son chapeau à
la main.

— Le voilà! s'écrie-t-elle.

Entre-temps, Rachel fixe la piscine devant elles. Soudain une idée lui vient à l'esprit.

— Vite, Jasmine, pourrais-tu nous redonner notre taille normale? demande-t-elle. Je crois que j'ai trouvé un moyen d'arrêter le gnome et de lui reprendre le ruban!

Jasmine hoche la tête, lève sa baguette et arrose les fillettes d'étincelles magiques.

Rachel et Karine reprennent immédiatement leur taille habituelle.

— Je n'ai pas peur de vous, lance le gnome en se précipitant vers elles. Je peux vous geler, peu importe votre taille!

48

— Viens, Karine! crie Rachel.

Elle saisit la main de son amie et la tire
vers le bord de la piscine. Jasmine volette
au-dessus d'elles.

— Je vais compter jusqu'à trois, lance
Rachel. À trois, écarte-toi de la piscine
en sautant de ton côté!

Le gnome dévale le sentier en direction

des fillettes. Il se rapproche de plus en
plus.

— Un, chuchote Rachel.

Le gnome se réjouit d'avance.

— Maintenant, vous ne pouvez plus
m'échapper! déclare-t-il.

— Deux, murmure Rachel.

Le gnome bondit vers les fillettes
et crie :

— *Gelez!*

Au même moment, Rachel hurle :

— TROIS!

Karine bondit d'un côté et Rachel de l'autre, mais le gnome est emporté par son élan et ne peut s'arrêter.

Pendant un instant, il chancelle au bord de la piscine, l'air horrifié. Puis il perd l'équilibre et tombe dans l'eau avec un grand *plouf!*

Jasmine met de l'ambiance

Le gnome se débat dans la piscine et crachote :

— Au secours!

Jasmine volette jusqu'à lui et envoie un jet de poussière des fées rose foncé en direction de son chapeau. Une fois de plus, le ruban magique se dénoue.

— Attrape l'autre bout, dit Jasmine au gnome.

Puis d'un second coup de baguette, elle envoie l'autre extrémité du ruban voler vers Rachel et Karine. Les fillettes saisissent le ruban et tirent le gnome jusqu'aux marches de la piscine. Il sort à quatre pattes, en marmonnant et en frissonnant, sans lâcher le bout du ruban toutefois.

— Ce ruban ne t'appartient pas, lui dit Rachel qui tient solidement l'autre bout avec Karine. Tu ferais mieux de le rendre!

Le gnome lui tire la langue.

— Pas question! rétorque-t-il en tremblant de froid.

Jasmine les rejoint.

— Tu sembles avoir froid, dit-elle au gnome. Et si je te séchais et te réchauffais avec ma magie?

— Oh oui! s'écrie le gnome avec enthousiasme.

— Mais tu dois me donner mon ruban en échange, dit fermement Jasmine.

Elle lève sa baguette et scrute le visage du gnome.

— Qu'en dis-tu?

Le gnome fronce les sourcils.

— Mais j'aime le ruban, grogne-t-il, et le Bonhomme d'Hiver m'a dit de le garder!

— Oh, mais ce serait si agréable d'être

sec et d'avoir chaud! ajoute Karine.

Elle adresse un clin d'œil à Rachel et Jasmine. Elles savent toutes trois que les gnomes détestent être mouillés et avoir froid!

Le gnome hésite.

— Ce serait bien, finit-il par dire.

— Et nous ne dirons pas au Bonhomme d'Hiver que tu nous as donné le ruban, promet Rachel.

Le gnome regarde Jasmine.

— Mais tu peux faire en sorte que j'aie vraiment vraiment chaud? demande-t-il.

Jasmine hoche la tête.

— Bon, alors tu peux garder le ruban! déclare le gnome en

lâchant l'extrémité du ruban du jazz.

Rachel et Karine échangent un regard
ravi. Jasmine tape le chapeau haut de
forme de sa baguette. Une nuée de

poussière des fées entoure le gnome et le
sèche. Sa bouche se fend en un large
sourire.

— Oh, j'ai chaud de partout! soupire-t-il joyeusement. Même mes orteils ont chaud!

Il s'éloigne dans le jardin en sautillant.

Rachel et Karine lâchent le ruban magique qui rétrécit et reprend sa taille du Royaume des fées en flottant vers Jasmine. Puis il se rattache à sa baguette et luit d'un rose encore plus intense.

— Hourra! crie Jasmine en caressant son ruban que la brise nocturne fait serpenter. Nous avons réussi, les filles! Merci mille fois pour votre aide!

Rachel et Karine échangent un sourire.

— La fête devrait bien se dérouler

maintenant, fait remarquer Karine.

— J'en suis sûre! déclare Jasmine. Allez vous amuser, vous le méritez bien!

Elle leur adresse un clin d'œil et disparaît dans un nuage de poussière magique rose.

Les fillettes se précipitent vers la tente. Quand elles entrent, elles sont toutes deux déçues, car la musique s'est arrêtée. Des chaises et des tables ont été renversées et plusieurs couples quittent la piste de danse en boitant et en secouant la tête avec un air horriblement triste.

— Oh non! grogne Rachel. On dirait que la danse s'est très mal passée!

— Je crois que des gens ont dû se heurter, ajoute Karine en montrant deux personnes assises sur le sol qui se frottent la tête avec un air abasourdi.

Soudain, Rachel remarque Mme Taillon assise, un pied reposant sur une chaise. Les fillettes se dépêchent de la rejoindre.

— Bonjour les filles, dit Mme Taillon en s'efforçant de sourire. Je me suis tordu la cheville en dansant. Elle me fait très mal.

— Oh non! s'écrie Karine.

Soudain, une étincelle rose attire l'attention de Rachel. Elle donne un coup de coude à Karine. Les deux amies lèvent les yeux et voient Jasmine assise

sur l'une des étoiles dorées suspendues au plafond. Jasmine agite sa baguette d'avant en arrière et l'orchestre se remet à jouer. Les gens se regardent nerveusement, incertains s'ils devraient danser ou non.

— Oh! s'exclame Mme Taillon avec un air surpris. Comme c'est étrange,

ma cheville a cessé subitement de me faire mal!

Elle pose le pied sur le sol et se met debout avec précaution.

— Oui, ça va beaucoup mieux. On va danser?

— Oh oui! s'écrient Rachel et Karine à l'unisson.

Elles échangent un sourire en se rendant compte que la magie de Jasmine a dû guérir la cheville de Mme Taillon aussi.

Les deux fillettes et la maman de Karine vont sur la piste de danse. Les gens les regardent tout d'abord avec nervosité, puis ils constatent que tout se passe bien et se joignent à elles.

Une foule de gens envahit la piste de danse. Rachel et Karine regardent dans

les airs et aperçoivent Jasmine qui leur
sourit. Puis avec un petit salut de la main,
la minuscule fée disparaît dans un
tourbillon de magie scintillante.

— La soirée se déroule merveilleusement
bien maintenant, dit Rachel.

Karine hoche la tête.

— La danse aussi, dit-elle joyeusement.

Puis elle ajoute dans un murmure :

— Merci, Jasmine!

L'ARC-EN-CIEL

magique

LES FÉES DE LA DANSE

Jasmine, la fée du jazz
a récupéré son ruban magique.
Maintenant, Rachel et Karine
doivent aider

Sarah,
la fée de la
salsa!

Voici un aperçu de leur
prochaine aventure!

Une fiesta follement amusante!

— À plus tard, maman, dit Karine Taillon qui s'apprête à quitter la maison avec sa meilleure amie, Rachel Vallée.

— Je vous rejoindrai à quatre heures devant la salle communautaire, rappelle Mme Taillon aux fillettes. Je devrais avoir fini mon travail d'ici là. Je suis sûre que vous allez bien vous amuser à la

fiesta. J'ai hâte de voir toutes les danses et les costumes. Promettez-moi de rester ensemble. Il va y avoir beaucoup de monde.

— Bien sûr, promet Karine.

Les deux amies se mettent en route.

— Nous n'avons nullement l'intention de nous séparer, dit Karine à Rachel. C'est toujours quand nous sommes ensemble que nous vivons nos plus belles aventures!

Rachel sourit.

— J'espère que nous en aurons une autre aujourd'hui, répond-elle.

— Le ruban de la salsa manque toujours, fait remarquer Karine.

Les fillettes se dirigent vers le centre du village où la fiesta a lieu.

—Je me demande si le gnome qui le

garde sera attiré par la musique et viendra à la fête. Je l'espère en tout cas, poursuit-elle.

Lorsqu'elles arrivent au coin de la Grande rue, les deux amies oublient complètement les gnomes tant elles sont émerveillées.

Les décorations de la Grande rue sont magnifiques : des bannières et des guirlandes colorées sont accrochées partout. Des ballons sont suspendus aux lampadaires et tout le long de la rue se trouvent des tentes et des kiosques où l'on vend à boire et à manger. Il y a de la musique, les gens sont souriants et l'ambiance est à la fête.

— C'est super! s'exclame Rachel, les yeux brillants, en regardant tout autour d'elle.

Karine lui saisit la main.

— Viens! dit-elle tout excitée. Allons jusqu'au musée. C'est là que le défilé va commencer. Ce sera amusant de voir les gens se préparer.

— D'accord, acquiesce Rachel. Et ouvrons l'œil au cas où il y aurait un gnome!

En route vers le musée, elles rencontrent un groupe d'enfants rassemblés autour d'une *piñata* en papier mâché. La *piñata* a la forme d'un ananas. Elle est accrochée à un arbre. Des enfants aux yeux bandés essaient à tour de rôle de la frapper avec un bâton pour la casser.

— C'est Lucie! dit Karine en reconnaissant l'une de ses amies d'école.

Elle lui fait de grands gestes. Lucie lui sourit et les appelle.

— Voulez-vous essayer? demande-
t-elle.

— Oh oui, s'il vous plaît, dit
immédiatement Karine en se dirigeant
vers la *Piñata.*

Rachel la suit. On lui tend un bandeau
qu'elle noue sur les yeux de Karine. Puis
Rachel et Lucie font tourner Karine sur
place trois fois avant de lui mettre le
bâton entre les mains.

Étourdie, Karine chancelle un peu,
hésite, et tente de frapper la *piñata* avec
le bâton.

Crac! L'ananas s'ouvre en deux et des
petits bonbons, jouets et autres babioles
scintillantes s'éparpillent sur le sol. Tous
les enfants poussent des cris de joie et se
ruent pour ramasser les surprises.

Rachel est sur le point de se joindre à

eux quand elle remarque soudain une petite étincelle qui jaillit de la *piñata* et s'envole dans les airs. Elle est intriguée, car si c'était un objet brillant, il retomberait sur le sol.

Comme c'est bizarre, se dit Rachel. Soudain, ravie, une pensée lui vient à l'esprit. *Et si c'était une fée?*

LE ROYAUME DES FÉES
N'EST JAMAIS TRÈS LOIN!

Dans la même collection

Déjà parus :

LES FÉES DES PIERRES PRÉCIEUSES

India, *la fée des pierres de lunes*
Scarlett, *la fée des rubis*
Émilie, *la fée des émeraudes*
Chloé, *la fée des topazes*
Annie, *la fée des améthystes*
Sophie, *la fée des saphirs*
Lucie, *la fée des diamants*

LES FÉES DES JOURS DE LA SEMAINE

Lina, *la fée du lundi*
Mia, *la fée du mardi*
Maude, *la fée du mercredi*
Julia, *la fée du jeudi*
Valérie, *la fée du vendredi*
Suzie, *la fée du samedi*
Daphné, *la fée du dimanche*

LES FÉES DES ANIMAUX

Kim, *la fée des chatons*
Bella, *la fée des lapins*
Gabi, *la fée des cochons d'Inde*
Laura, *la fée des chiots*
Hélène, *la fée des hamsters*
Millie, *la fée des poissons rouges*
Patricia, *la fée des poneys*

LES FÉES DES FLEURS

Téa, *la fée des tulipes*
Claire, *la fée des coquelicots*
Noémie, *la fée des nénuphars*
Talia, *la fée des tournesols*
Olivia, *la fée des orchidées*
Mélanie, *la fée des marguerites*
Rébecca, *la fée des roses*

LES FÉES DE LA DANSE

Brigitte, la fée du ballet
Danika, la fée du disco
Roxanne, la fée du rock'n'roll
Catou, la fée de la danse à claquettes
Jasmine, la fée du jazz

À paraître :

Sarah, la fée de la salsa
Gloria, la fée de la danse sur glace

ÉDITIONS SPÉCIALES

Juliette, la fée de la Saint-Valentin
Pascale, la fée de Pâques
Sandrine, la fée d'Halloween
Clara, la fée de Noël
Diana, la fée des demoiselles d'honneur
Véronica, la fée des vacances